Gens de tous Temps et de tous Pays

17e Série

La Bibliothèque de mes Petits

J. GAUVIN

Gens

de tous Temps

et

de tous Pays

LEGE, SED ELIGE & Cie

PARIS

Société Française d'Imprimerie et de Librairie

(Collection LECÈNE, OUDIN et Cie)

15, RUE DE CLUNY, 15

Gens de tous Temps
et de tous Pays

Voici un maître d'école d'il y a cinquante ans qui donne le ton à ses élèves.

Le gros tonnelier Martin souffle dans son trombone à coulisse. Il emploie ses loisirs à faire de la musique, et le village écoute avec plaisir ses variations et ses mélodies.

Voici le veilleur de nuit en Souabe. Il est vieux et paraît cassé ; il porte le tricorne du XVIIIᵉ siècle ; il a la culotte courte et les souliers à large boucle d'acier comme Voltaire. D'une main il tient la lanterne, et de l'autre, une sorte de hallebarde. Brave veilleur, tu pourras bien vite regagner ton lit, car, dans le village paisible, il n'y a pas de mauvaises gens.

N'a-t-il pas l'air embarrassé, ce brave villageois, qui voudrait bien faire passer dans la boîte aux lettres de la vieille ville un paquet de toile qu'il expédie quelque part ? Le trou de la boîte est petit et notre homme ne sait guère comment résoudre un problème aussi ardu. Son chien attend avec philosophie.

Plaignons cet homme, *qui ne sait pas* comment il faut envoyer un paquet.

Autrefois, les gens n'étaient pas habillés comme au-
jourd'hui. Voici un notable bourgeois de la fin du XVIe
siècle qui promène sa jeune fille. Avec son chapeau
empanaché, sa collerette godronnée, ses manchettes de
mousseline, son justaucorps de soie mouchetée, il ressem-
ble à un personnage déguisé pour une fête de Carnaval.

Voyez, du reste, ces soldats jouant aux dés sur un tam-
bour, dans un corps de garde, avec leurs morions,
leurs cuirasses ou leurs manteaux, comme ils diffèrent
de nos alertes pioupious! C'étaient de vieux mercenaires,
des coureurs de champs de bataille, des gens qui se
battaient pour celui qui payait le plus cher leurs services,
et qui ne savaient pas du tout ce que c'est que défendre
sa Patrie. On les appelait des soudards, et ils ne respec-
taient guère rien, ni personne, ni moissons, ni femmes,
ni vieillards.

Regardez ce personnage de la fin du xviiie siècle, avec son jabot en dentelles, sa culotte et ses bas de soie. Son cabinet a l'air d'un magasin de bric-à-brac avec ses éventails, ses tableaux, ses estampes. C'est un amateur, un collectionneur.

Nous voici au début du XIXe siècle. Ce monsieur, vêtu d'une façon bizarre, est un élégant de l'époque : c'est un *Incroyable*, un oisif qui passe son temps à surveiller sa mise recherchée, son langage plutôt drôle et maniéré.

Ces gens à l'affût qui n'ont guère bonne mine, sont des braconniers allemands. Ils vivent à notre époque: ce sont nos *Contemporains*. Ils ont profité de la neige pour aller dans la forêt seigneuriale chasser quelque jeune faon.

C'est une dure vie que la leur, et une vie bien dangereuse !

Le long des côtes de Bretagne, les vieux marins en
retraite s'en vont à pas lents, devisant des choses de la
mer, rappelant leurs vieux souvenirs devant la Grande
Bleue qui tant de fois berça leurs rêves de jeunesse.

Sous le couvert de la forêt profonde des Ardennes, les bûcherons abattent les grands chênes aux troncs robustes, aux ramures puissantes. Ils peinent toute la journée pour nous fournir le bois de chauffage et les grosses pièces de charpente.

Après avoir vu des gens de tous les temps et de tous les pays, j'aime bien à revoir les gens de mon pays qui font pousser le blé, pain de l'homme.

Paris. — Société française d'Imprimerie et de Librairie.

www.ingramcontent.com/pod-product-compliance
Lightning Source LLC
Chambersburg PA
CBHW061525170626
46811CB00004B/1852